A Mitsu y Momo,

quienes ayudaron a crear este libro

y a Takeo Isonaga,

quien aparece en esta historia

como el maestro Isobe.

Niño Cuervo

鳥太郎

Por Taro Yashima

Traducido por María A. Fiol

First published in the United States under the title CROW BOY by Taro Yashima.
Copyright © Mitsu and Taro Yashima, 1955. Copyright © renewed by Taro Yashima, 1983.

Spanish translation copyright © 1996 by Lectorum Publications, Inc.,
205 Chubb Avenue, Lyndhurst, NJ 07071. All rights reserved including the right of reproduction in whole or in part in any form.

Published by arrangement with Viking Penguin, a division of Penguin Books USA, Inc.

ISBN 978-1-880507-61-2 (pb)

Printed in Singapore

TWP 10 9 8 7 6

LECTORUM
PUBLICATIONS, INC.

El primer día de clase, en nuestra pequeña escuela de una aldea en Japón, faltaba un niño. Lo encontraron escondido en el espacio oscuro que había debajo del piso de la escuela.

Ninguno de nosotros lo conocía. Lo llamaban Chibi porque era muy pequeño.
Chibi significa "niño pequeñito".

Era un niño raro que le tenía miedo al maestro y no conseguía aprender nada.

Le tenía miedo a los otros niños y no era capaz de hacer amigos.

Lo dejaban solo durante la hora de estudio.

Lo dejaban solo durante el recreo.

Siempre se quedaba atrás en la fila y era el último de la clase,
como una estrella solitaria.

Un día, Chibi comenzó a fingir que era bizco

para no tener que ver lo que no quería.

Chibi encontró diferentes maneras de pasar el tiempo
y de entretenerse a la vez.

Se quedaba absorto, por horas, mirando el techo de la escuela.

Le encantaba observar la tapa de madera de su pupitre.

Estudiaba, con atención, el remiendo de la camisa de un niño.

A través de la ventana podía observar muchas cosas durante todo el año.

Incluso los días de lluvia, la ventana le ofrecía un espectáculo maravilloso.

Si se sentaba en el patio de recreo y cerraba los ojos, podía oír muchos sonidos diferentes, cercanos y distantes.

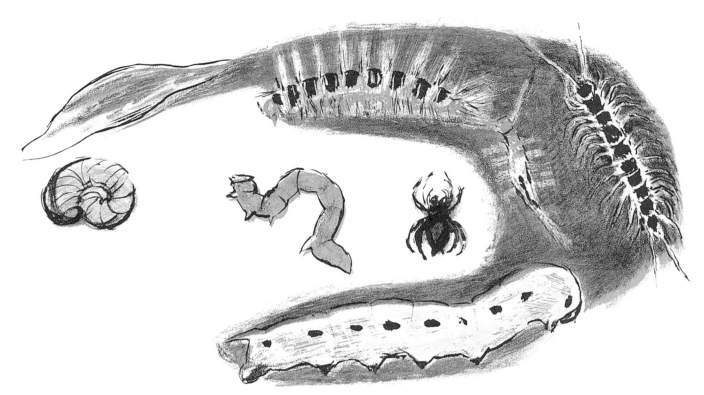

Podía coger con las manos toda clase de insectos y gusanos que la mayoría de nosotros no nos atrevíamos a tocar, ni siquiera a mirar.

No sólo los niños de nuestra clase pensaban que era tonto y lo llamaban tortuga, sino también los más grandes, e incluso los más pequeños.

Pero, tortuga o no, día tras día no faltaba a la escuela. Siempre traía
el mismo almuerzo, una bola de arroz envuelta en hojas de rábano.

Aun cuando llovía o había tormenta, él llegaba a paso lento, cubierto con una capa impermeable hecha de paja seca.

Y así, poco a poco, transcurrieron los días hasta que pasaron cinco años y entramos al sexto grado, el último curso de la escuela.

Nuestro nuevo maestro era el señor Isobe. Era simpático y tenía una sonrisa afable.

Con frecuencia, el señor Isobe nos llevaba hasta la colina detrás de la escuela.

Se quedó maravillado al ver que Chibi sabía dónde crecían las uvas
y las papas silvestres.

Se sorprendió al comprobar lo mucho que Chibi conocía acerca de las flores
que crecían en el jardín de la escuela.

Le encantaban los dibujos en blanco y negro que Chibi hacía y los colgaba en la pared para que todos los pudieran admirar.

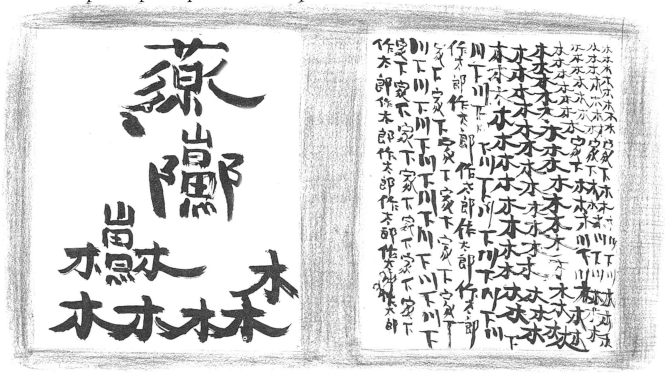

Le gustaba la letra de Chibi, la cual sólo éste podía entender, y pegaba sus escritos en la pared de la clase.

En ocasiones, cuando ya todos se habían ido a la casa, se quedaba
conversando con él.

Cuando llegó el día de la representación anual de la escuela, y Chibi apareció en escena, nadie podía creerlo. "¿Quién es ése?" "¿Qué hace ese tonto ahí?"

Entonces, el señor Isobe anunció que Chibi imitaría las voces de los cuervos.
"¿Voces?" "¿Voces de cuervos?" ¡Voces de *cuervos!*

VOCES
DE CUERVOS

Primero, imitó las voces de los cuervos recién nacidos,

de las mamás cuervo,

y de los papás cuervo.

Nos demostró cómo graznan los cuervos al amanecer,

cómo lloran cuando algo grave le ocurre a la gente de la aldea

e imitó el canto de los cuervos cuando están alegres.

Y al instante, nuestras mentes volaron lejos, al otro lado de la montaña,
de donde Chibi probablemente venía todos los días a la escuela.

Por último, Chibi emitió un sonido extraño, desde lo más profundo de su garganta, imitando el graznido de un cuervo posado en lo alto de la rama de un viejo árbol: ¡KAUUWWATT! ¡KAUUWWATT!

En ese momento pudimos ver claramente, en nuestra imaginación, el lugar, remoto y solitario, donde Chibi vivía con su familia.

El señor Isobe nos explicó que Chibi había aprendido las llamadas de los cuervos en el trayecto de su casa a la escuela, cuando salía al amanecer

y regresaba con la puesta del sol,

día tras día, durante seis largos años.

Cada uno de nosotros rompió a llorar, al recordar lo crueles que habíamos sido con Chibi durante todos estos años.

Incluso los adultos se enjugaron las lágrimas al tiempo que decían:
"Es realmente maravilloso".

Poco tiempo después llegó el día de nuestra graduación.

Chibi fue el único de la clase que recibió un premio por no faltar a la escuela ni un solo día durante seis años.

Cuando terminaron las clases, los niños mayores trabajaban con frecuencia en la aldea, para ayudar a sus familias.

En ocasiones, Chibi venía para vender el carbón que él y su familia producían.

Cuando lo veían, ya nadie lo llamaba Chibi. Todos lo llamábamos
Niño Cuervo. *"¡Hola, Niño Cuervo!"*

Y él sonreía y asentaba con la cabeza, como si le agradara su nuevo nombre.

Cuando terminaba su trabajo, compraba algunas cosas para su familia.

Entonces, emprendía el camino de regreso a su casa. Alzaba los hombros
con orgullo, como todo un hombre, y desde el sendero que conducía a la
montaña llegaba el graznido de un cuervo, *¡de un cuervo feliz!*